AF360080

LECLUSADE

OU

LE DÉJEUNÉ

DE

LA RAPÉE.

A PANTIN LE VIEUX,

De l'Imprimerie de la Veuve CAPELIN à l'en-
feigne du Paf, porte de Paris 1748.

Approuvé à la place Maubert.

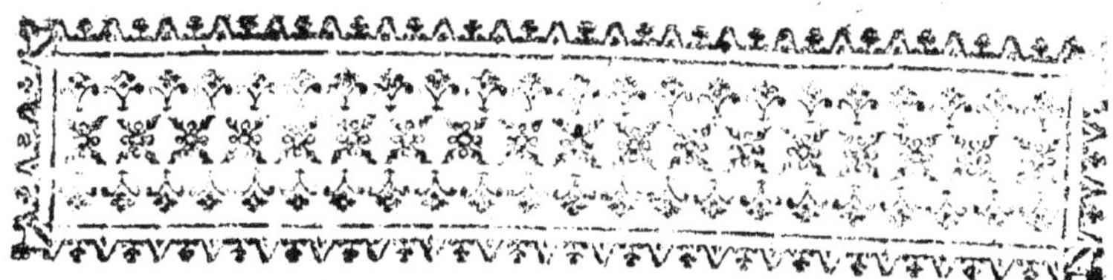

LECLUSADE

OU

LE DÉJEÛNÉ

DE

LA RAPÉE.

L E dernier jour du Carnaval,
A trois heures je fus au Bal
En équipage de Poissarde,
La contrefaisant la Mignarde
Dans une Loge a l'Opera,
Un Abbé de moi s'approcha
Parbleu, dit il, Dame Françoise;
Vôtre Corset de Siamoise,
Sur mon honneur, est fort ajusté,
Ce petit chef d'Oeuvre du jour,
Renferme une Gorge bien dure,

TON POISSARD.

Allés l'Abbé c'est Impolture :
Lui du-je en lui poussant la main,
Dont le jeu devenoit badin.
Comment donc me dit-il, la Belle,
Vous voulez faire la Cruelle,
Laissez moi prendre ces Tétons,
Allez Monsieur talte chiffons,

A ij

Leclusade

Je ne voulons de badinnage,
Qu'en magniere de Mariage,
Croit-il que j'avons destiné,
Notre honneur pour son chien de né?
Non, je l'gardons à la Tulippe,
Qui nous a confié sa Pipe,
Pour assurance d'ses Amours,
Parquoi je l'aimons sans détours,
Par ma foi tu serois bien sotte,
Viens manger d'une Mattellotte
Et boire d'un excellent Vin,
Avec un aimable Blondin,
Qui m'attend au Moulin d'Javelle,
Allés donc Monsieur sans çarvelle,
S'il n'a pas d'autre Messager
Sans nous il pourra la manger,
J'suivons la methode de Biauce,
Où chaque Poisson à sa sauce,
La mienne est à la Croc au Sel,
La vôtre à la Maître d'Hôtel
Je ne voulons pas de mélange,
Et nôtre gout jamais ne change.
Que ton propos tient du Marché!
Pas vray, Monsieur le déhanché?
Je n'sommes pas de ces Grisettes
Qu'avons quantité d'Amourettes,
Ni d'ces Donzelles à Bichons,
Que soutenont des Greluchons.
Voyez ce Muget trousse cottes,
Qui voudroit nous magner LA RIME,
Oui c'est pour luy qu'on cuit cheu moy!
Quien l'Abbé via toujours pour toy.
N'metouche pas c'est autant d'tache,
Ou jete frise la Moustache,
Avec le cul de mon Chaudron,
Chien d'Peroquet de Montfaucon!
Il fuit avec sa courte honte,
Il faut jusqu'au bout qu'on l'affronte,
Adieu Monsieu le Calotin,
Reste de Lêpre & de farçin,
Adieu donc courreur de Cornettes
Casuite des Marionnettes,

Adieu vilain Singe à Rabat,
Vray figure de Célibat,
Bon foir efpalier de la Greve,
Que Dieu m'écoute, & qu'il te creve.

*A peine eu je achevé ces mots que nombre de maf-
ques, de l'un & l'autre Sexe m'emmenerent au Ca-
binet des Glaces, où l'on me propofa le fin déjeuné
de la Rapée, & de paffer au Cimétiere St Jean
pour nous faire dire des Pouilles. J'acceptai les
deux propofitions & nous commençâmes par le Cimé-
tiére St Jean où j'attaquai la Nannéte Dupuy
l'une des plus fortes Gueules de cette engéance
groffiere , en lui marchandant douze Merlans, dont je lui offris le fixiéme de ce qu'elle les
avoit appréciés; ce fut affés pour fe faire dire autant d'imprécations que le Pape en peut abfoudre.*

*Elle ne fut pas long-tems à réfléchir fur fa haran-
gue ordurière qu'elle nous rendit avec une candeur
qui bleffa les oreilles féminines qui m'avoient ac-
compagné.*

*(Ce qui les obligea de fe retirer dans leur Ca-
roffe.) Je ripoftai avec épigrams à chaque horreur
de cette Poiffarde , qui foutint environ trois
quarts d'heures après lequel tems (la voyant Aquiâ)
je pris congé d'elle en ces Termes :*

TON POISSARD.

Adieu Margot la profiteufe, infectée geufe à
crapaut, garde ton Poiffon, il eft pourry; tu mets
des influences de la Lune fur les oüis pour le
faire paroître frais, la vente du Poiffon n'eft
pas le plus fort de ton gagnage. C'eft l'traffic de
la chair humaine qui te foutient dans tes biaux
atours, commode à tout ufage, vendeufe de Ver-

jus au Litron fur l'pas des portes, tu gagne tous les foirs plus d'quinze francs au fix fois dans les Allées de la ruë St. Honoré, vas j'tereconnoiffons bien donneufe de nouvelles à la main, tu as plus tué d'hommes à coups de poignet en quatre mois d'hyver, que la Pucelle d'Orleans n'a détruit d'Anglois en fa vie. Tu n'auras jamais d'not argent, j'aimerions mieux agir comme les gens d'campagne, faire valoir not bien par nos mains, que d'nous laiffer magner par une vilaine envillainée comme toy : va te cacher dépouilleufe d'Enfans dans les Allées, tu as eu la tapette & l'baudru, j't'avons vû faire la proceffion dans la ville derriere le Confeffional à deux rouës à CHARLOT caffe-bras, qui t'a marqué l'épaule au poinçon d'Paris.

Adieu figure d'Oignon pellé qu'on ne fçauroit voir fans pleurer ; gueule d'Empeigne garnie de clouds de Giroffles enchaffés dans du Pain d'Epice.

Du derriére de ma Boutique tu en ferois ben ton étalage, pas vray, Magneufe de jujotte ; Patraque d'émantibulée ; vieille Citadelle démolie, Mafure abbandonnée, Gouffre de Chair, Cloaque empefté, Sac à graillons, Moule à Satan, Barque à Caron ; vas fi j'faifois un Chapellet de Maquerelles tu ferois ben les Pater.

Je paffai à un autre, & lui dis des Godriolles qu'elle prit affez bien, ce qui détermina le Marquis De . . . à quitter le Corps de réferve pour me venir joindre, il prit le ton badin avec cette fille, dont la figure étoit capable de réveiller les plus affoupis, & lui dit que fes Merlans étoient courts.

TON POISSARD.

Courts Monſieur ? (*lui dit-elle*) vous ni penſez pas, en vla de plus petits, de plus moyens & vla les grands d'la faſſon que j'vous vendrons cens ſols la d'mie douzaine : allons bijou étrennez nous joyeuſement, ça nous portera un heur de Dieu.

Tu te moques [dit le Marquis] il ne valent pas quarante Sols.

TON POISSARD.

Quarente ſols [*dit la Marchande*] on vous en ſout,

Ma foi c'eſt aſſez (dit le Marquis) ils ne ſont pas ſi longs que mon Cadet ,

LA POISSARDE.

Allez menteur, il n'eſt pas ſi long que mes Mer-lans, j'crois q'vous n'cachés pas tout vot Mo-let dans vos bas , c'eſt comme la Barque d'A-niere, ça ne ſart plus qu'à paſſer l'eau; j'ſuis ſûr que ſi je l'prenions j'orions bentôt conclu not marché avec vous, je ne nous tiendrions pas à grand choſe, allés Monſieur j'ſomme une brave & honneſte Fille gruieu marci, mais on ne nous en fera pas ac-croire la deſſus; écoutés gros gaſſeux, j'allons vous donner ſix Marlans, faites nous en ſeulement voir le bout, en vla ben, & ſy vla tout.

Je le veux bien, (dit le Marquis) Mais je gage un Louis contre tes Merlans qu'il eſt plus long.

TON POISSARD.

Va [*dit la Curieuſe*] qui ne riſque rien n'à rien (*Tiens le voilà , dit le Marquis*)

LA POISSARDE,

Ah ! mon cher Monsieur qu'il est beau ! vantes qu'il est plus long qu'unes Marlans, vous les avez gagnés, ils font à vous, j'vous les donnons d'un grand cœur. Là là n'ferrez pas çà si vite j'aimons mieux vous donner encor six marlans, & pis, j'voulons voir si vous ne nous farçinez pas les yeux.

C'est trop juste (dit le Marquis) prens-le & garde tes Merlans.

LA POISSARDE.

Qu'il est dodu, qu'eu belle nature, hay parle donc Ma Commere ? eh ! Ma Commere. Hay viens donc voir le beau Chrêtien ; viens donc voir le beau Chrêtien.

Nous quittâmes cette jolie Poissonniere pour aller joindre la compagnie & déjeûner à la Rapée ; à peine fûmes nous débarqués de la voiture, que j'entendis des Mariniers chanter à tour de Machoires, j'approchai d'eux pour les écouter sans estre apperçu, mais ils cesserent leurs Cantiques Bachiques pour boire un coup de Rogome :

A ta Santé toy : [*dit l'un d'eux d'une voix enroüée*) grand marcy, à la quiene aussi,

Cette cérémonie fit faire un silence qui m'enuia & j'étois sur le point de m'en aller lors qu'un de ces Rustres dit

D'UNE VOIX ENROUE'.

Hay Nicolas donne moi un peu d'Tabac en fumiere, J'nen n'avons farpedié pas une guinguenaude [dit

Nicolas [j'nay q'du 'Tabac en rappiere que j'avons
eu hier d'un homme de Pleume que j'avons passé
dans not bachot avec la valicence de pu deune
chartée d'Bénédiction : quien je vas t'conter çà.

CONTINUANT D'UNE VOIX ENROUE'.

Hier j'déjeûnis avec le Fils de Moufieur St
Louis l'Maite passeux d'la porte d'la Circonferen-
ce, ftila que j'avons une fois tiré de ce préjudi-
ce auprès du Pont d'St. Maur ; & Pis-Cadet
Jambe de Creux le Fils du Chiffre de la Ville,
qui jouë de la Flutte traparciere, des Claquef-
fins, des Timballons, & des 'Clappinettes ; comme
j'les r'passions d'l'autre bord avec s'thome de Pleume, on m'applit pour acceuiller ; j'pris dans mon
Bachot tras Docteux d'la Sarbonne & pis i'pere
Honoré qui eft un des premiers Miniftres d'la Loi.

Les vla entre zeu qui parlions d'la Conftraction ; moi j'dis comme çà, Mon Reverend Pere
excufés d'la libartance que j'pernons, qu'eft-ce
que c'eft donc que fte chienne de Conftraction
eft-ce encôr queufte Impot qui veulent mettre
fur nos Bachots ;

Non, [dit jambe-de-Creux] la Conftraction
Unigenitus en ftile Marquentin c'eft une lettre
de Change tiré par le P. à l'Ordre des J.....
fur la France pour valeur reçue comptant, qui
(ne l'ayant pas voulu accepter ;) refte pour
leur compte, & n'ont ofez les J... en demander le rembourfement au S P... tous les Ecrits
qui ont été faits jufqu'à préfent font le procès.

Vla un d'ces Doct ux qui ly fouqient que
non, il fe prend avec l'Docteux, vla ce Docteux qui
ly d'mande fi fç voit fon Catechifme & combien
y à de Guieux, il à ferpedié été ben embarraffé,

moi j'étois toûjours à pouſſer hors avec mon
croc en arboutant, quand j'ai vû qui n'repon-
doit pû adreuine, j'lis dis moy ote toy d'la tu
gnais pû; t'nez mon Reverend Pere je n'ſommes
pas diſtilé dans la vocation du parlemantage ,
je n'avons pas la parolle en main comme vous;
mais t'nez y a tras Guieux qui ſont toutes tras
parſognieres, gnia ty pas Guieu l'Pere; Guieu
le Fis [après la mort de Monſieur ſon Pere]
& le Saint Eſprit eſt il un Chien hem? j'lça-
vons not Catechime au moins vantez-vous en.

[*Un autre dit*] J'ai paſſé y à tras jours une
Demoiſelle d'Opira, qui étoit avec deux plumets;
la vla ſous vot reſpect qui s'aſſit ſur la levée
d'mon Bachot entre ces deux Cadets, je l'aviſi qui
couloit ſa main en douceur, la... ſous las veſte
d'un d'ces fringants pour à ceſin de ſtenir à
queute choſe en cas d'malheur; je la reluquois,
al voulu à cauſe de çà nous ficher la gouaille,
prens garde dit-elle, de nous couler à fond en
t'amuſant à nous r'garder, Mamſelle lui fis je,
allez vous n'avez rien à riſquer ce que vous t'nez
là n'y va jamais.

A voulu j'aſpiner avec moy, à m'demandit ſi
j'aimerions mieux faire autre choſe que de ramer,
j'lis diſy ſans barguigner que je ne ſouhaitterions
qu'une choſe pour toute heritance, qu'eſt ce
que c'eſt, dit-elle ?

Que mon Bachot lui fis-je ſoit parcée de tren-
te trous & que chaque trou merapporty autant
que l'vot, je ſerois jarniqué pu content que le
Roi

*L'abrévoir manqua; on ſe leva en diſant, (d'un
ton enroüé) Allons chercher des Cendres à la*

Paroiffe dans quoy je n'aurions pas Lapolùtion à
Confeffe.

J'entrai chés Chappellot retrouver ma Compagnie qui m'avoit accusé de défertion, je leur racontai les Hiftoires que je venois d'entendre, & l'on
me demanda pendant le déjeûné, les suivantes.

*Un Marinier rencontrant un de ses Compatriotes
fortant du Salut de Saint Sulpice, lui dit :* Hay
Jacot veux tu payer d'mi fequier ? non, *dit Jacot*, laiffe moi j'fuis d'une colere d'un Chien,
qu'eft-ce que t'as donc ? ce que j'ai ? eft-ce que
tu n'étois pas au falut ? fi fait ; eh ben, t'as pas
vu l'tour qu'on m'a fait ? non, ou l'diable m'eftrangle, qu'eu tou donc ? Comment ce Monfieur Clairgeaubau't l'Organis de St. Suplice
en entrant à l'Eglife s'en eft venu m'acceuiller
& m'dire comme ça : Jacot veux-tu venir jouer
des Ogres avec moy ? je l'veux ben luy fis-je,
j'montons avec ly, j'faifons la convenance, j'pernons l'ton, j'ly fouffle le *Pange Lingua* l'chien
joue le *Te Deum.*

*Le nommé le Febvre Marchand de Bois demeurant à Charenton, chargea deux Mariniers de porter un paquet à ses Enfans qui étoient en penfion
aux Jefuites à Paris & leur donna* 24 *fols pour
boire à fa fanté, la derniere commiffion fut la prémiére exécutée, ils employérent la fomme à s'enyvrer
d'Eau-de-Vie, & furent enfuite aux Jefuites demander le Portier à qui ils dirent :* Monfieur j'voulons parler à Meffieux le Febvre nés natifs de
Chalanton : *On les fit paffer dans une Salle où il
y a des Tableaux que l'un de ces deux Yvrognes
fixa avec attention & croyant en fçavoir le fujet il*

appella son Camarade & lui dit : Parle donc hai Charlot Baguet, sçais-tu ce que c'est que ce Tableaux là, (*non dit Charlot :* t'es comme une chienne de Bette, tu ne sçais ren, j'm'envas te l'dire moy, car je sçais l'histoire, j'ay lu les fables d'Esope : vla d'abord le Bon Dieu qui a le doigt sur le Galice qui dit comme çà, qu'est-ce qui à bu l'vin qui étoit la d'dans? Saint Ignace dit, ce n'est pas moy mon Dieu; Saint Paul dit, morbleu si je connoissois celuy qui la bu j'ly couperois la teste avec mon sabre, Saint Pierre qui est un bon Enfant dit, là, mes Amis, là, là point de bruit ne vous fachez pas, vla les Clefs de la Cave allez en tirer d'autre.

Un Marinier voisin du bon homme Jean Louis, le voyant à l'Agonie fut chercher son Fils qui travailloit au Quay Malaquais il l'appella du Pont Royal : Hay ? Cadet hay ?

Qu'est-ce que lia ! (*dit Cadet*) viens viste vla ton Pere qui semeurt; envartez Dieu! (*dit Cadet*) j'veux estre un chien si j'ten mens, eh! ben vas retorne t'en j'm'envas y aller : *Il quitta son Batteau & se rendit à celui de son Pere qu'il trouva prest à rendre l'Ame, il lui dit.*

Mon Pere, Mon Pere, eh ben quoy donc, vous faites là la Carpe pamée, allons levez vous je burons d'mi sequier de paf ensemble; vous ne jalpiaez ren, est-ce que vous croyez vous en aller comme ça sans dire vos sottises à Sthomme, j'm'envas avartir Monsieur l'Curé qui vienne à vot todion : *Il appella sa Sœur :* Marie Geneviéve vas nous charchez nos zardes & not argenterie que jenous fassions brave, *Il fut à St. Sulpice demander le Curé pour administrer son Pe-*

ve, on le r'envoya au Prêtre du Quartier à qui il dit: Monfieur l'Prêtre je v'nons vous prier d'apporter la Préfomption à mon Pere qui a p'rdu la connoiffance, il s'en retorne en l'autre Monde, j'nous en allons d'vant pour faire l'apparetance de la chofe comme quoi il convient & j'vous laiffons deux Grivois qui font forts pour porter l'Dais, ne vous embarraffez pas. *(Il trouva fon Pere Mort en rentrant,)* Comment *(dit il à fa Sœur)* il eft coulé! j'm'en vai au d'vant d'la Carimonie dire qu'à s'en retorne *(Il fut à la rencontre du Porte-Dieu, du plus loin qu'il l'apperçût il lui cria)* Monfieur l'Curé, Monfieur l'Curé, allez, allez, r'emportez vos Huiles, Mon Pere eft fort; le Chien à Torillé de l'Oeil Et v'nés d'abord f'bouler fon Cadavre, finon je m'envas l'fiché à liau ce chien là, il empoifonne déja tout l'Bachot.

La Fille de la Angot Frituiere des Halles, Epoufe d'un Agent de Change, paffant un Mois après fon Mariage dans fon Territoire natal, fit arrefter fon Caroffe pour parler à fes anciennes connoiffances de Quartier, qu'elle appella de fa Portiere en fon idiome ordinaire :

D'UN TON POISSARD.

Hay! Marie Louife Hay! Marie Jeanne, ma Commere, mon Coperc, ch! v'nez çà donc m'parler.

Eh! qu'eft-ce donc la qui vous appelle? *(dit une Voifine)* qu'ent, *(dit Marie Louife)* al'ne la réconnoit pas, eh! c'eft la Fille Mameffelle Ango la groffe Friquere Orongere, quoy c'eft la y elle *(dit la Voifine)* & vente, ten zen, *(dit*

Marie Jeanne) damme alie est comme une Prin-
cerefle, hay allons ly parler quest-ce que risquons
donc ? Est-ce que tu viens avec nous toy copere ?

TON ENROUE'.

vantez q'jirons & des pus fiers d'la bande encor,

TON POISSARD.

Quy toy Manequin,   (*dit Marie Louise*)

TON ENROUE'.

Apparament Madame Casaquin ,

TON POISSARD.

Et mais ! vrayment Monsieur Gerome ,
Tu te presente comme un Atôme,
Ote toy d'la tu t'effarouche ,

TON ENROUE'.

Allez que Gargantua vous bouche ,

TON POISSARD.

Nous lairas tu Chien dépagneux
Hay Marie Jeanne viens y nous deux.
Bonjour Mamefeile Manon, eh ! Comme vous
vla brave, je ne vos réconnoiffions pius, où allez vous donc comme çà ? qui moy ? je m'envas achetter les livres pour mon heume qui fait
une biblioteque, y ma dit de prendre le Mont-

lery Nouveau, Bemol & cul de Jatte , & les
Metaphors d'Olive de la derniere Oppreffion ,
dis donc viendras tu nous voir , j'fommes ben
logé da , j'avons champignon fus ruë , c'eft une
belle Maifon où lia des Crampes de fer, j'avons
deux Salles remplies, de Belles Dépeintures avec
des Cadavres dorés , des Blanquettes , de Mo-
quette en Magniere de Velours & des Ruftes de
Criftal Mineral , du Veftanbule, on voit dans not
Jardin des Piralires & des e Statuës fur des Pieds
Dereftables, j'avons des Staffilades d'appartemens
d'arrache pied avec des portes d'efcommunica-
tion , de belles Tappifferies d'Autellute , j'te re-
gallerons ben : jemangeons dans nos Frécaffées
des Treffles, des Manilles , des Moucherons ;
à not Defert javons des Raifins de Coriande ,
des Maches Pain, des Caftilles en magniere de
Conferves : j'buvons des Vins d'rigueurs & de
la Crême des Barbares.

Not homme eft habillé Dieu fçait comme,
qu'ent mon Enfant, il a des Veftes de Fran-
chipanes & de Moëlle d'Or , des Bas de Lai-
ne de Sigrofvie à fes Jambes. Dam il a le moyen
de foutenir tout çà par rapport que Monfieu
fon Pere a eu le vent en croupe c'eft ce qui
fait qu'il a achetté de belles & bonnes Rentes
voyageres , il a une terre qui a des Droits de
Dos & Ventre, il eft Propriétaire d'une bonne
Farme dont fon Neveu en eft l'Ufurier Frui-
tier par un Bail Amphibologique.

Il eft d'une bonne Famille, il a un Coufin
qui jouë des Ogres, un autre qui a Etudié qui
s'eft fait paffer Maite Lezard, un autre qui af-
fafinne les Plaideux aux Confuls, une Coufinne
qui eft Tourtiere dans un Couvent, & une Sœur

qui a Epousé un Cent de Suisse de cheu le Roy.

Son Compere Jerôme l'interompit.

D'UNE VOIX ENROUE.

Sarpejeu Mamefelle Manon, (*lui dit-il*) y gna q'heur & malheur dans ce monde cy. Il faut que chacun s'poufle ; sçavez vous que depuis que jen'ay eu la valicence de vous voir j'nous sommes produits l'inveftiture d'eune charge de Corporal du Guet à Pied, à caule que jeme suis toûjours fenty du gout pour ce qui eft en-cas du fait des armes ; appropos d'ca voulez-vous boire eune goutte de Paf.

TON POISSARD.

Je l'voulons ben, (*dit Mlle. Ango, en ap-pellant fon Laquais*) St Jean, vas nous charcher d'mi fequier d'Rogome ; je l'burons dans l'Caroffe.

Marie Louife & fa Camarade y monterent, Je-rôme fit le Quatuor, l'on y but un Pot d'Eau-de-Vie à la fumée de fa Pipe & à la fanté de Ma-demoifelle Ango, de rechef, & en réiterant ; Ma-rie Louife Chanta Comiquement ce grand Air.

PRis pour dépeindre
Les Fleurs
Qui Brident
Sur vôtre vifage,
Brouïlons enfemble les Couleurs
Et je vous feray vôtre Image
Dans une Coquine
     Maline
Dont vous a fait prefent St. Prix,
Vos porrés la Grotte Divine
Qui produit ce beau Canary
Et rend vivante la Peinture,
Ah ! fi j'y trempois mon Balet,

J'éviterois tant la Nature
Que je ferois vôtre Portrait.

Marie Jeanne commença celui-ci.

Flambeau des Ciels,
Pour Baver ton ardeur brurlante.
Nous chanchons ces aimable yeux
Tout rinspire dans ce feurjour,
Le goieu d'Amour,
Il quient fa Cour,
L'Onde murmure remure mute
Dourcement.

Un Hoquet l'empécha de continuer & lui fit rinser la bouche avec fon diné, fur la Robe de Mlle Ango qui s'en fut fort courroucée de fon indiscretion.

Nôtre Dejeûné fe paffa gayement. En montant en Caroffe pour nous en retourner, j'apperçus un Fareau en Chemife blanche, le Toupet cardé, Pipe en bouche, & la Canne à la main, je lui dit d'un ton du Port.

Parle donc hay Chien, les jours ouvrables font-ils faits pour fe promener?

Tais toy (*me dit-il*) Timballier du Roi d'Maroc, fi javons le derriere ouvert ce n'eft pas à toy à fourer ton nez dedans, Aide de Camp du Pont St. Michel, tu nous crache la Crême de ton difcours dans le Vifage.

Attend (*lui dis-je*) Membre de Gueux, j'allons te dire ta Généalogie : ton Fils eft Page public, il porte un Nœud d'Epaule de Bois fur quoi il décrotte les Souliers de fes pratiques, une partie de ta Famille a fait dépaver la Greve.

Ton Pere a été étouffé dans de la Fliace, il eft mort en l'air avec un Bonnet de nuit de Cheval au col en faifant une grimace devant le Pont Rouge.

Ton Frere a été exposé sur le Gueridon à jour.

Ton Cousin noyê dans un cent de Fagots.

Ils ont fait gagner le Pere nourricier des Pe-
roquets de la Villette.

Cà ne t'épouvante pas, tu serois bien quinze
jours au Carcan sans rougir, pas vray reste de
volaille de Montfaucon, St. Cartouche est vôtre
Patron, Marionette du Pilory, Sindic des Ma-
queraux, Balustre de la Greve, Ornement d'E-
chasseaux, va si je faisois un Fagot de Jean F..
tu ferois le plus fort parement.

F I N.

9 782329 640419